LE RIDEAU LEVÉ

SUR

LES MYSTÈRES DE PARIS,

PUBLIÉ

PAR ADOLPHE DE LIANCOURT.

II.

PARIS.

B. RENAULT, ÉDITEUR.

1845.

MYSTÈRES DE PARIS.

RIVAROL
VÉRITÉ

LE RIDEAU LEVÉ

SUR

LES MYSTERES DE PARIS,

PUBLIÉ

PAR ADOLPHE DE LIANCOURT

OME SECOND.

PARIS,

RENAULT, ÉDITEUR.

1845.

Paris. — Imp. de Pommeret et Guénot, rue Mignon, 2.

MYSTÈRES DE PARIS.

LES PETITES INDUSTRIES DE LA PRISON.

Comme toute société, la prison a ses petites industries, ses industries infimes, grâce auxquelles un certain nombre d'individus allégent leur position.

Vous avez à peine dépassé le seuil du guichet intérieur que vous apercevez, à l'un des angles du préau, deux énormes cruches de grès, et tout à côté deux verres d'une proprelé douteuse. Ceci vous représente l'établissement du marchand de coco.

Son industrie est un monopole. Seul il a le droit de faire provision de bois de réglisse, et de disposer d'un verre. Le marchand de coco est invariablement un ancien prisonnier, un habitué des maisons d'arrêts ou des bagnes. Il est bavard, il est cauteleux, il est actif.

Il vient à vous, sa cruche d'une main et son verre de l'autre. Il emplit le verre jusqu'au bord, et vous l'offre au moment où vous y songez le moin. Vous secouez la tête pour le remercier; il insiste, il se met en mesure de vous prouver que le coco est la meilleure boisson qui se puisse trouver en prison, qu'il est de beaucoup préférable au vin de la quantine. Vous n'avez pas soif, mais il y a plusieurs minutes qu'un verre plein vous est tendu d'une main fatiguée, et vous vous feriez presque un reproche de ne pas l'accepter. Vous buvez donc d'un seul trait le verre de coco, puis vous tirez un sou de votre gousset. Le marchand l'empoche et vous dit :

— N'est-ce pas que c'est du fameux, celui-là?... Tout-à-l'heure je vous remettrai trois liards.

Il pourrait le faire à linstant même, mais il aime mieux pousser à la consommation que de rendre en espèces la monnaie de la pièce.

A force d'entasser liard sur liard, centime sur centime, avec beaucoup d'eau qui ne coûte rien, et une poignée de racines de réglisse qui coûte très-peu de chose, le marchand de coco ne laisse pas, s'il est économe, de mettre de côté une dixaine de francs par semaine.

Quand vient l'époque de son élargissement, le marchand de coco se choisit un successeur avec l'agrément de l'administration, et lui vend son fonds et son monopole.

A deux pas de l'établissement du marchand de coco, sur un banc posé contre le mur, vous pouvez voir un petit carton noué avec de la tresse, un crayon de plombagine, une petite lampe terminée par une aiguille et trois mauvaises cuillères en bois de hêtre écorné. Dans l'une de ces cuillères, il y a du vermillon, dans l'autre de l'ancre de Chine qui écaille au soleil, dans la troisième est une couleur bleue, que je crois être de l'indigo. Tout cela vous représente une nouvelle industrie, d'aussi bon rapport que la précédente.

Les voleurs aiment passionnément les images; il ont cela de commun avec les enfants et les sauvages. Il est rare qu'ils ne posent pas pour leur portrait, dès que l'occasion s'en présente, et qu'ils ne se fassent pas tatouer les bras, les mains, le sein gauche, le front même. Si on consultait les registres d'écrous, on serait étonné du grand nombre de signalements qui présentent ces particularités.

Le dessinateur, qui connaît la faiblesse des prisonniers à l'endroit de ces immages, guette avec soin le moment où ils ont quelque argent dans leurs poches. Alors il les amène à lui par une foule de petites séductions, et puis il leur pique des bagues bleues autour de chaque doigt, ce qui leur donne l'apparence d teinturiers qui ont mal lavé leurs mains; il leur pique des initiales à quinze centimes chaque, des noms de courtisannes et des cœurs enflammés sur la poitrine, des portraits

de femmes idéales sur les bras, et quelles

femmes, bon Dieu! des images de complaintes, allongées démesurément, avec des taches de vermillon sur la peau, de grandes robes à volans, décolletées d'une manière un peu libre, des manches plates, un bibi et des souliers à doubles semelles.

Les meilleures pratiques du dessinateur ne sont pas les voleurs de profession, qui ne s'exécutent pas toujours de bonne grâce quand il s'agit du prix convenu, mais ces individus qui souvent tombent dans les prisons pour des fautes pardonnables, puisqu'ils n'en ont compris ni la portée ni les conséquences fâcheuses, ils n'ont pas la conscience trop ébréchée; ils sont naïfs, crédules et faciles à duper. C'est donc à eux que se crampone le dessinateur; il les étudie un à un, les tourne, les retourne, jusqu'à ce qu'il ait trouvé la corde sensible, ou, pour parler plus prosaïquement, le côté vulnérable de leur nature.

A celui qui regrette d'être séparé de sa femme depuis plusieurs mois, le dessinateur dit onctueusement : Tenez, mon brave, je vais vous tatouer son nom sur le cœur, en lettres gothiques, avec des arabesques autour. Cette pauvre mère pleurera de joie de savoir que vous ne l'avez pas oubliée.

Un autre est-il ancien militaire, le dessinateur chatouille sa faiblesse pour l'héroïsme, et lui propose, au rabais, parce que c'est lui,

un tombeau de Sainte-Hélène, un trophée

d'armes, un grenadier de première taille, un maître d'armes ou une vivandière, sur le bras.

Maintenant, si vous le voulez bien, allons quelque part dans un coin du chauffoir, et là nous trouverons inévitablement un petit homme d'apparence chétive, dont le regard lan-

guit et dont phisionomie est soucieuse. Ses

manières ne sont pas communes, mais prétentieuses, pas ordinaires mais guindées. On reconnaît en lui un de ces pauvres écrivains qui ont maigri pendant vingt ou trente ans au dernier échelon de la bureaucratie. Il ne s'assied jamais sans poser sur ses jenoux un petit carton tout barbouillé d'ancre, renfermant des plumes métalliques et sept ou huit feuilles de papier à lettre: il ne se promène jamais sans se faire suivre de son carton, car il a une peur terrible d'être dévalisé. Il a quelques gouttes d'encre dans une fiole à briquet, où il y avait autrefois de l'amiante et de l'acide sulfurique; et quand cette encre baisse, il y fait égoutter un peu d'eau.

En prison, ce pauvre homme tient un bureau d'écrivain public. Il y jouit d'une considération bien autrement flatteuse que celle dont jouissent ses confrères des places publiques de Paris, car le plus grand nombre des prisonniers serait fort en peine de se passer de lui.

L'écrivain public fait les correspondances ordinaires, moyennant l'infime rétribution dr dix centimes. Il réconcilie le fils avec le père; il renoue les liens de famille avec des formules tout à fait classiques, il exprime l'amour pour des gens qui n'en ont pas, il rédige les demandes d'argent, fait les avances de papier et d'encre aux individus besogneux, avec la perspective de prelever au moins ses frais sur le résultat de ses phrases qui souvent

n'en ont pas. Il inonde les cabinets des juges d'instruction de réclamations inutiles, le parquet du procureur général de plaintes auxquelles on ne fait pas grande attention, la préfecture de police de dénonciations, le ministère de la justice de mémoires de trente ou quarante pages, qui vont, la plupart du temps, goûter le sommeil de l'éternité dans la corbeille aux rognures.

Bien que l'écrivain public chôme très-rarement, son travail est loin d'être aussi productif qu'on pourrait l'imaginer. La terreur que lui inspire la concurrence l'oblige à user d'égards vis-à-vis de sa clientèle. Il fait donc de nombreux crédits, et c'est une triste chose qu'un crédit de prison! Les voleurs ne nient pas toujours leurs dettes, mais ils les paient rarement.

D'ordinaire, la prison possède encore un ou deux personnages qui ont de l'aplomb et

savent se draper ; quelquefois ils se disent anciens étudiants en droit et se croiraient humiliés s'ils avaient des accoïntances avec l'écrivain public. Ceux-ci ont toujours un code au fond de leur poche , sous leur mouchoir, quand ils ont une poche et un mouchoir, ce qui n'arrive pas toujours. Ils donnent des consultations à un prix très-modéré, non pas aux voleurs de profession, qui ont une connaissance parfaite des articles qui les concernent, mais aux détenus qui n'ont pas sondé les profondeurs de l'abîme avant de s'y laisser choir.

Ces malheureux vont leur raconter les motifs pour lesquels ils ont été arrêtés. Le donneur de consultations prend aussitôt son air grave, ouvre son code, lit à ses clients les articles qui les concernent et les engage habituellement à adresser deux mémoires détaillés, l'un au procureur général et l'autre au juge d'instruction. Les consultations sont gratuites, mais il va sans dire qu'il se charge de la rédaction de ces mémoires au prix de 1 franc 50 centimes chacun.

LE COMMISSAIRE-PRISEUR.

C'est du commissaire-priseur, ce président obligé de toutes les ventes à la criée, que l'on peut dire avec raison :

Dans ses heureuses mains le cuivre devient or.

Il n'est guère d'objets qui, touchés par ses doigts magiques, ne se transforment soudain en choses précieuses. Grâce à lui, les moindres bagatelles sont souvent vendues à des prix fous. C'est le dieu du négoce, le Mercure du 19e siècle. — Il tient à la main, en guise de caducée, un marteau d'ivoire, à manche d'ébène, dont les coups retantissants sont autant de *veto* pour de nouvelles enchères.

Est-il des rapsodies dont il ne puisse se dé-

faire? Alors le commissaire priseur les éparpille adroitement dans la vente d'une collection provenant de quelque cabinet célèbre. Cette petite rouerie lui réussit toujours à merveille; on achète de confiance, et chacun est satisfai . Comme tous les thaumaturges, d'ailleurs, il a soin de préparer ses miracles de longue main ; il ne fait jamais une vente d'objets d'art qu'il n'ait préalablement réchauffé le zèle des collectionneurs, des mar-

chands, par un déluge de notices détaillées.

Les commissaires-priseurs marchent de pair avec le corps respectable des notaires, des avoués, des huissiers. Comme ceux-ci ils se réunissent en chambre. L'établissement des commissaires-priseurs date de fort loin. Ils furent créés par Henri II en 1553. Ils portaient alors le nom de sergents-priseurs. Plus tard, sous Louis XIV, ils prirent celui d'huissiers-priseurs. Ce n'est qu'en 1801 qu'ils reçurent leur dernière dénomination.

De même qu'il est des avocats sans cause,

des médecins sans malade, des commédiens sans théâtre, des auteurs sans éditeurs, on peut trouver des commissaires-priseurs sans clients. Ce sont les frelons, les sangsues de l'ordre; ils vivent de ce qui leur revient sur le partage de la caisse commune. De cette manière, ceux qui sont en chômage perpétuel touchent à peu près l'intérêt du prix de leurs charges.

Le commissaire-priseur se faufile dans le monde le plus possible; il y fait la chasse aux cliens, aux héritiers, à tous ceux qui, n'ayant pas longtemps à vivre, peuvent, en partant

pour l'autre monde le recommander à leurs exécuteurs testamentaires. Mais en quittant ses ventes et ses inventaires pour rentrer dans la société, il traîne partout avec lui les préoccupations de son état. A la promenade, au bal, au spectacle, à table même il rêve enchères et adjudications, rumine dans sa tête

ce que pourrait produire la vente des objets qui s'offrent à sa vue : il prise tout; un peu plus, et il priserait les hommes aussi bien que les choses. C'est vraiment un homme dangereux à introduire chez soi. Il n'y a pas à lui en faire accroire. Qu'il reste cinq minutes dans une maison, et il pourra dire à un centime près à combien se monte la fortune mobiliaire de celui qui l'occupe.

LA GRISETTE.

La grisette est une fleur indigène qui ne pousse qu'à Paris. — Ailleurs, dans le reste de la France, vous rencontrerez l'artisanne ; mais un abîme sépare ces deux natures qui pourtant semblent se confondre au premier abord. — L'une est raide, guindée, empesée comme une pièce de calicot vierge; — l'autre, la grisette, rit, chante, folâtre et babille comme un oiseau sur la branche.

Il n'y a pas de femme au monde qui sache mieux marcher que la grisette. — Voyez-la glisser sur le pavé boueux des rues, sans que la plus mince éclaboussure vienne salir son bas blanc et bien tiré. Où donc va-t-elle ainsi? — Il est encore de si bonne heure! c'est à peine si le grand Paris commence à secouer son sommeil. N'importe; il fait jour depuis longtemps pour la grisette. Déjà sa toilette est achevée; ses cheveux reluisent plus que l'aile d'un corbeau sous son petit bonnet de gaze, et la voilà qui s'achemine vers son magasin.

Quelques instants encore, — le temps de traverser le Palais-Royal ou la place de la Bourse, et elle va se mettre à l'ouvrage. Pauvre fille, dont la robe est tout simplement en toile imprimée, et de qui les doigts agiles vont tailler jusqu'au soir le tule, la soie et le

velours. — C'est là un supplice près duquel celui de Tantale s'efface complétement. Consacrer sa vie et son intelligence à embellir les autres, quand soi-même on est belle ; travailler aux parures des grandes dames quand il suffirait d'un mot, d'un signe, pour en avoir de tout aussi éclatantes.... Mais non, la grisette est philosophe. Pourvu que l'amour de son Jules ou de son Édouard lui reste, elle est heureuse ; — car la grisette a un cœur qui aime selon les règles de la passion et non celles de l'arithmétique.

Il est peu d'existences mieux employées que l'existence de la grisette. L'employé, le clerc d'avoué, tous les gens de bureau ont leur soirée libre. — Viennent à sonner quatre heures, et de toutes parts les plumes s'arrêtent, les pupitres se ferment, les chapeaux se brossent et les parapluies sont extraits de l'étui protecteur. — Hélas ! il s'en faut de beaucoup que la grisette soit à ce point favorisée. — Sa journée de travail commence à neuf heures

du matin et ne finit qu'à dix heures du soir; et pendant ces treize heures, c'est tout au plus si on lui accorde quelques minutes pour ses repas, et si elle s'interrompt, de temps à autre, pour soulever un coin du rideau qui dérobe à son regard attristé le tableau bruyant de la rue. — Et pour tout cela, pour tant

d'assiduité et de patience, savez-vous comment la grisette est rétribuée? — Vraiment, c'est honteux à dire, mais ce qu'on lui donne est absorbé par le mouron de ses serins et par l'entretien du petit jardin qu'elle cultive sur sa fenêtre.

Cependant la grisette est heureuse! Il lui

suffit d'un seul jour pour oublier son travail et ses ennuis de la semaine ; jour bienheureux dont la venue est saluée de cent éclats de rire joyeux et de mille projets dorés; — jour radieux, jour béni et qui a nom dimanche.

Donc, le dimanche, et pour peu qu'un rayon de soleil vienne à scintiller à travers les nuages, la grisette prend sa robe la plus fraîche, son bonnet le plus coquet, ses bottines les mieux faites, et la voilà qui se met à sa fenêtre, attendant avec impatience que dix heures sonnent à Saint-Jacques du Haut-Pas. — A l'heure convenue, trois coups sont frappés à la porte, et Jules s'élance, le sourire sur les lèvres et l'espérance dans le cœur.

Jules est étudiant en droit ou en médecine ; Jules n'a point de magasin, mais il a une école, des professeurs rébarbatifs et des examens à subir ; lui aussi Jules travaille la semaine, et les deux amants n'ont que le dimanche pour s'entretenir de leur flamme. —

Mais comme ils la mèttent à profit, cette journée si vivement désirée de part et d'autre!

— Et d'abord, fuyons Paris; passons bien vite les barrières. C'est parbleu bien assez d'y rester prisonnier pendant six jours! — Où irons-nous? Voici Montmorency avec ses ânes gris

et ses cerises rouges; les prés Saint-Gervais et leurs lilas en fleurs; Sain-Germain et sa forêt; Versailles et ses pièces d'eau, et en avant! et fouette cocher! et mène-nous bon train, mon garçon, car chaque minute qui s'écoule est un vol fait à notre bonheur.

Il n'y a jamais eu de rois, — y compris les rois des contes arabes, qui aient été aussi heureux que l'étudiant et la grisette tant que dure le dimanche. Promenade à pied, à cheval et à âne; jeux de bagues, montagnes russes, dîner en cabinet particuler, rien n'y manque. Puis le soir, c'est le bal champêtre qui les enivre de ses amoureuses ritournelles. On valse, on galope, on s'enlace, et tout cela jusqu'au départ pour Paris du dernier omnibus, ou dernier convoi.

Mais le bonheur n'a qu'un temps. Jules est reçu avocat ou médecin. Il part pour sa province et laisse la grisette en proie à une vraie douleur de mélodrame. — La pauvre fille gé-

mit, s'arrache les cheveux, se meurtrit la poitrine et rêve suicide jusqu'au dimanche suivant où elle fait une autre connaissance.

LA FERMETURE DE LA CHASSE.

Enfin l'ordonnance fatale a paru : non-seulement elle a été insérée au *Moniteur* et répétée le lendemain par les cent voix de la presse parisienne; mais elle est affichée partout, dans la ville et dans le foubourg, aux carrefours des rues, aux cabarets de la banlieue, ces

rendez-vous habituels du chasseur ; à la barrière elle-même, cette bonne et estimable fille que nous avons réveillée si souvent par les chants joyeux du départ, et qui chaque fois nous a ouvert à toute heure de nuit et de jour, sans murmurer, sans se plaindre, de meilleure grâce que notre autre portière.

Aussi voyez le dimanche matin, 26 février, et dès le samedi au soir, la veille, quels nombreux préparatifs de guerre, comme de toutes parts chacun s'empresse et s'agite?

Ce n'est plus un goût, une distraction, un plaisir :

C'est une passion, une vraie fureur, une maladie contagieuse, une rage de chasse épidémique.

Ici Diane, ici Sultan, ici Lowe, Ralph, Spring, Diavolo, Tambelle !

Ce n'est partout qu'une voix, partout ce même cri, partout un mouvement spontané, un but semblable, unanime.

L'un, le chasseur Dandy, l'amateur élégant et fashionable, qui ne presse qu'avec des gants jaunes la détente innocente de son arme, s'é-

lance gaiement dans un léger tilbury, qu'entraîne rapide comme le vent un coursier écumant et fougueux.

L'autre, non moins joyeux mais plus modeste, dispute la septième place d'un étroit coucou

déjà plein, qui part à l'instant pour Meudon, aux risques et périls d'une cargaison trop complète, tandis que celui-ci, vieux sournois, plus

sûr de ses deux jambes que des quatre pieds d'une maigre haridelle, prend prudemment le pavé, escorté de son chien, et gagne à travers champs le coin de terre ignoré où l'attend, pour le dernier dimanche, le dernier bouquin de la plaine.

Toutes les diligences sont louées : pas une voiture publique qui ne regorge : l'impériale elle-même, ce trône ambulant du commis voyageur, est occupé aujourd'hui par une meute entière, société rarement d'accord, dont chaque membre grogne, hurle, s'étrangle ou aboie, exécutant plus ou moins bien sa partie, et formant, avec l'essieu et les roues, un concert d'harmonie nouvelle.

Partez, heureux chasseurs! que nulle affaire, qu'aucune considération ne vous arrête ou ne vous retarde. Allez, courez, les uns en poste, les autres à pied, prendre chacun votre

part de cette dernière curée. Entrez en campagne frais et dispos, sans attendre qu'un maladroit ami vous souffle à l'oreille le mot fatal *bonne chasse*, et vous attire, par ce vœu téméraire, un guignon réel et constant. Battez les bois, gravissez la montagne, sillonnez en tous

sens la vallée, le taillis et la plaine. Mais surtout ne vous pressez pas, soyez toujours maîtres de vous, conservez tout votre sang-froid : qu'à la première perdrix qui partira, qu'au premier lapin, au premier lièvre qui déboule, votre arme tombe bien en joue à l'épaule droite, le doigt sur la détente, le point de mire d'accord avec l'œil.

Car M. Delessert a dit:

A partir du premier mars prochain, et jusqu'à nouvel ordre, l'exercice de la chasse, etc.

Et songez un peu quelle honte, quel déshonneur pour vous, si vous alliez faillir dans ce dernier jour de bataille!

Qu'on manque au mois de septembre, par une belle matinée d'ouverture, cela se conçoit et se pardonne : il y a longtemps qu'on n'a pas pratiqué; la surprise, l'émotion, le défaut d'habitude, sont dans ce cas autant d'excuses valables. Il faut, comme disent les gardes, s'y remettre et se refaire la main. Souvent on en est quitte pour la phrase banale :

— Comment, mon cher, vous n'aviez donc pas de plomb dans votre fusil?

Ou bien de celle-ci, prononcée d'un ton de reproche :

— Oh, monsieur..... dans votre culotte! vous deviez tuer la pièce cent fois pour une.

Ce à quoi l'on répond piteusement :

— C'est juste : j'ai tiré comme une véritable galette.

Et ce petit dialogue terminé, l'instant d'après on n'y songe plus, car on a pour soi le lendemain, le lendemain, ce mot magique et plein d'espoir, qui console bien d'autres défaites.

Mais quand on tient son fusil pour la dernière fois, quand ce jour qui va finir est le dernier jour de la chasse, quand il faut en rentrant à la maison déposer son arme dans le fourreau, et dire au chevreuil qui bondit devant soi un adieu souvent éternel; malheur alors, malheur au maladroit qui, par trop de précipitation, a mérité le surnom de mazette! Il s'est mis là sur la conscience un de ces remords qui ne s'en vont plus, par celà même qu'il est impossible qu'on le rachète.

C'est en vain que, de retour chez lui, l'inrtuné voudrait bannir de son esprit une préoccupation poignante et cruelle; comme

’assassin qui voit du sang partout, et que poursuit jusque dans son sommeil l’ombre échevelée de sa victime, il a beau faire, il a sans cesse sous les yeux le souvenir involontaire de son crime. Il s’acharne après lui, il le voit le suit, il l’assiége. Le jour, notre homme pour-

partout ; passe-t-il devant Chevet, sur le boulevard Choiseul, rue Vivienne, à l'aspect de ce faisan doré, qui repose sur une couche parfumée de truffes, un tremblement nerveux le saisit, car ce beau coq est le sien, le sien, qui lui partit à quatre pas, dans un taillis de deux ans à peine, et qu'un braconnier a sans doute tué depuis pour lui donner une leçon et lui faire un sanglant reproche.

Mais c'en est fait, l'heure a sonné... La plaine est calme et tranquille; il faut songer à la retraite. Le soleil qui se lèvera demain n'éclairera plus aucun meurtre nouveau ; la forêt ne se réveillera plus aux cris des chiens, aux accents belliqueux du cor : sans craindre désormais, au fond de leurs retraites, les hôtes de

nos bois y accompliront en paix le grand œuvr de la réproduction universelle, tandis que le habitants des airs vivifieront par mille concert harmonieux la solitude apparente du bocage

Eloignons-nous, profanes ! imitons la nature qui couvre d'un voile impénétrable tous le secrets de la génération, tous ces mystères d volupté; ne nuisons pas nous-mêmes à no plaisirs, en troublant par d'indiscrets regards la paix de ces chastes asiles. Bientôt septembre reviendra, répandant autour de nous de nouveaux bienfaits, de nouvelles largesses; et c'est alors que, rompant la trêve, nous irons, les armes à la main, demander compte à chacun de nos privations et de nos sacrifices.

LES RESTAURANTS DE PARIS.

Monsieur Fricoteau n'a jamais de viande fraîche dans son garde-manger, elle est toujours mortifiée au-delà de toute expression, et néanmoins coriace comme la bâche d'une vieille diligence hors de service. Son veau seul céderait sous la dent, si la dent pouvait le rencontrer ; mais quand elle le cherche, il fuit, car le pauvre enfant n'est que de la bave, c'est un mort-né qui n'a jamais vu le jour.

M. Fricoteau n'est jamais plus abondamment approvisionné que quand il y a une épizootie sur le bétail, les lapins, les poulets; les dindons, les oies, les canards.

Il nourrit des oies cinq ans, pour faire croire au public que dans son établissement il n'est pas impossible de manger de quelque volatile qui ait été tuée; mais ces oiseaux sont aussi anciens que sa gargotte; il les a achetés avec le fonds qu'il exploite; voilà pourquoi elles sont si méchantes et si hargneuses... on pourrait même dire qu'elles sont oppressives, car elles s'attaquent aux individus les plus inoffensifs. Dernièrement elles arrêtèrent tout court M. Pitoux, ancien bonnetier de la rue Saint-Martin, et il faillit être renversé par

leur souffle ennemi... Jamais homme n'eut une pareille frayeur ; il n'osait ni avancer ni reculer, attendu que par devant comme par derrière, il tremblait pour les carnosités de ses jambes mal garanties par une légère enveloppe de coton tricoté.

Mais oublions M. Pitoux et les oies insolentes de M. Fricoteau dont le restaurant est à peine esquissé. M. Fricoteau offre souvent de la marée à ses habitués ; la rage qu'il a de leur en servir lui valut dernièrement un tout petit demêlé avec la justice : il était prévenu de complicité de vol pour avoir acheté d'un enfant, moyennant vingt-cinq centimes, vingt-cinq maquereaux. Comme le président lui

faisait observer que des poissons offerts à te prix devaient lui avoir paru nécessairement des poissons volés, il a répondu :

— C'est désolant de le dire, mais nous ne pouvons pas fournir des primeurs aux pratiques, et il ne s'agissait que de denrées jetées au tas d'ordures dans le beau quartier, et qui pouvaient encore passer chez nous.

Cette naïve explication méritait l'indulgence du tribunal, aussi M. Fricoteau a-t-il été acquitté. Les chifonniers ont pris son adresse dans l'espoir de lui fournir des comestibles gras et maigres.

Si vous aimez la matelotte, il y en a quelquefois chez M. Fricoteau, lorsqu'on pêche les carpes de la vase du canal, ou qu'il y a une mortalité du poisson d'eau douce dans quelque étang.

La bête en vie, plume, écaille ou poil, est accommodée par M. Fricoteau à toutes sauces.... mais des plus appétissantes.... Tous les matins M. Fricoteau passe à la Vallée ou dans

tout autre marché pour faire l'acquisition des lapins phthisiques, des dindes, des poulets morts d'une dyssenterie, et des petits pigeons troussés par la gangrène. Ce qui menace de se gâter est encore pour lui d'un prix trop élevé. Sa cuisine est très-relevée, il n'y manque ni

poivre, ni sel, ni épices. Il faut cela pour déguiser les champignons moisis, les entrecôtes de vache assassinée par le charbon, du beurre fort, le lard rance, les bifftecks de cheval morveux, etc. Les Auvergnats, qui ont des gueules ferrées, et les Allemands, à qui la nature a refusé le goût et l'odorat, ce qui est incontestable, puisqu'ils se régalent de choucroute et d'assa-fétida, ou autrement dit la *mère du diable*, déclarent que les gibelottes de M. Fricoteau sont délicieuses, ils s'en lèchent les doigts et le menton, parce qu'ils n'ont pas d'autre serviette que leur langue.

M. Fricoteau, s'il le voulait, pourrait en toute saison faire le commerce des asticots ; il n'est pas rare qu'il les voie grouiller sur ses viandes, d'autres les ont entrevus un jour

qu'il avait laissé entre-bâillée la porte de l'endroit ténébreux où se produisent ces enfants du mystère et de la corruption. Des jeunes gens, c'étaient, autant que je puis me le rappeler, des peintres en bâtiments, ayant aperçu de grouillants échantillons de cette population, firent un jour à M. Fricoteau la bonne farce de se présenter dans sa guinguette avec des lignes à pêcher, et de lui demander, devant les nombreax consommateurs, un kilogramme d'asticots à acheter.

Insolents! leur riposta avec colère M. Fricoteau, sachez qu'il n'y a ici d'autres asticots que vous, qui vous permettez de m'asticoter; et dans le vacarme qui suivit cette impertinente provocation, l'avantage ne resta pas aux espiègles auteurs de la plaisanterie.

Nous n'avons pas parlé des omelettes de M. Fricoteau; mais, cher lecteur, vous n'aurez rien perdu pour attendre; nous vous dirons donc que M. Fricoteau achète chez les marchands de beurre les œufs tachés et nuancés qui s'employaient jadis dans le cirage. Ils lui coûtent vingt-cinq sous le cent, ce n'est pas un centime la pièce, attendu qu'il obtient les quatre au cent. Le boucher ordinaire de M. Fricoteau, c'est l'équarisseur chez qui se

fournissent tous les gargotiers de Paris et de la banlieue. Amateurs des plaisirs de la guinguette, quand dans une de ces tavernes cent fois plus dégoûtantes par ce que l'on cache au public que par ce qu'on lui montre, vous verrez une grande manne couverte en osier, dites hardiment que c'est un corbillard et qu'en ce corbillard il y a ce que, dans l'idiome picard on nomme de la carapie, et dans la langue de l'Académie française, de la charogne! vous entendez. M. Fricoteau et ses confrères, tous aussi scélérats que lui, vous prennent pour de bohémiens et ils vous empoisonnent: vraiment cela fait frémir!...

Vous dites: allons chez Fricoteau, ce n'est pas trop cher, il y a toujours du bon bouillon et de bonne soupe aux choux. Vive le bon potage ! vive la soupe aux choux ! vive Fricoteau ! qui fait sans paraille. — Sans paraille? eh oui ! ce que contient son immense marmite le prouve : c'est un tas de cornets et de fayous livrés quasi pour rien par la triperie ; ce sont les intestins mal lavés de cent cinquante volailles pour donner au liquide une saveur de

bouillon de poulet ; ce sont mille autre prétintailles qui ont traîné sous et sur l'étal ; enfin c'est une macédoine de saletés qui déchargent leur substance dans trois ou quatre voies d'eau en ébullition, et qui seront ensuite vendues pour les bouledogues les plus affamés. M. Fricoteau vend quelque chose que l'on boit pour du vin ; il ne fabrique pas lui-même cette boisson, mais il a son chimiste qui se charge de tenir la fourniture constamment au niveau de la consommation; le puits de Grenelle n'est

pas encore tari, et la Seine, dans le temps même des plus basses eaux, est un immense vignoble. Prenez de l'alcool de pommes de terre, de l'eau quelconque, de la mélasse, du bois de Campêche ; mélangez, décantez, tirez dans le broc et servez ! On obtient un vin de qualité supérieure par l'addition du poiré.....

N'oubliez pas la recette, elle est infaillible ; je la tiens d'un employé de l'octroi, qui, embusqué derrière une porte, a surpris, dans un exercice clandestin de sa profession frauduleuse, un chimiste du nom de Vigneron. — Vigneron ! convenez avec moi que la plaisanterie était bonne ! Aussi ses clients ne mentaient

pas lorsqu'ils plaçaient à leur porte cette affiche : *Vin de vigneron* à six sous le litre, ou bien encore celle-ci : *Vin du cru.* Oui ! du cru du chimiste.

On assure que ce sophistiqueur a fait fortune, cela devait être ; mais que de pauvres diables il a envoyé mourir à l'hôpital ! autrefois c'était le chimiste qui allait y terminer une carrière des plus douloureusement cahotées entre les chimériques espérances et les désappointements les plus horribles; car alors il se minait à chercher l'or potable qui devait éterniser la santé, et la pierre philosophale, qui était des diamants et de l'or à gogo pour quiconque aurait le bonheur de la découvrir.

Hélas! de ces souffleurs si misérables, il est

encore bon nombre aujourd'hui. Ce qu'ils découvrent, les pauvres insensés, c'est leur nudité; mais qu'ils aient du charbon, cela leur suffit, ils ne sentiront pas le froid, et ils ne se souviendront guère d'avoir ou de ne pas avoir des chausses. Du charbon! du charbon! toujours du charbon ! Celui que vous voyez là, comme Bernard de Palizi, brûlerait sa maison

ou la vôtre, plutôt que de n'en pas avoir : dans sa conviction, le charbon est gros de l'avenir.

L'alchimiste de notre époque ne dîne pas tous les jours : on s'en aperçoit à sa maigreur; mais en compensation lorsqu'il dîne c'est chez le père Fricoteau, il y dévore sans reconnaître au passage, ni les odeurs, ni les saveurs; il a suspendu l'exercice de ses sens jusqu'aux jours très-prochains de l'incomparable opulence que la folie lui montre en perspective.

Fricoteau n'est pas le seul empoisonneur de son espèce : il est tel restaurant dont la mon tre est toujours empyramidée de beaux fruits de gigantesques homards, de truites superbes, de truites proprement panées, de perdereaux

et de faisans richement emplumés, de lièvres et de gigots de chevreuil, d'artichauds d'Espagne, de tomates d'aubergines, et de melons d'hiver, où au lieu de ces fraîcheurs de parade

on ne vous sert que de la putréfaction. Le luxe de la montre est de la poudre jetée aux yeux de tout ventre affamé.

Méfiez-vous du trop grand étalage, et soyez sûr qu'il cache presque toujours quelque profond mystère d'iniquité. — Toutes ces bonnes choses qu'on vous fait voir et par lesquelles on vous allèche, on ne les sert qu'à quelques pratiques de prédilection ; aux autres, on jette tout ce qui est avarié, gâté jusquà la métamorphose; une sauce piquante déguisera le tout; les petites bêtes s'y perdront comme de petits oignons bien fondus, et aideront à former la liaison. Et quand il n'y a plus de charrogne à offrir, on vous donne de la chèvre marinée pour du chevreuil, du foie de cheval pour du foie de veau, du chat pêché à la ligne pour du lièvre ou du lapin, des filets de cheval pour des filets de bœuf, de la rosse steck pour du bifteck. Vous avalez toute la gent chevaline abattue à la suite d'une jambe cassée ou de toute autre catastrophe.

Méfiez-vous des dîners à vingt-deux sous,

des déjeuners à seize et de bonnes petites cuisines bourgeoises : là se consomment toujours les viandes qui, à l'étal du boucher ou à la halle, n'oseraient affronter les regards d'un commissaire de police incorruptible.

Et quels légumes y accommode-t-on? De vieux poids tous criblés par la calandre qui y a établi son domicile et sa cuisine, de vieilles lentilles également habitées par ce dégoûtant insecte, de vieux haricots décomposés par une germination interrompue. Les ragoûts à bon compte y sont une transformation de ces *arlequins* qu'on débite sur tous les marchés de Paris, sous le prétexte de fournir une alimentation à l'espèce canine, et qui n'en passent pas moins de la bouche du riche dans l'estomac de celui qui ne l'est pas.

L'*arlequin*, débris de toute table où il y a du superflu, reste de poissons, de volaille, de salade, entrecôte, mélange barbouillé de toutes les sauces, collection de lambeaux re-

cueillis sur toutes les assiettes, de morceaux bavachés et à demi-mâchés, l'arlequin est la matelotte du prolétaire. Dieu de Dieu, comme on se joue du pauvre monde, comme on le pille, comme on le vole, comme on le dévalise, comme on l'assassine.

LE PROVINCIAL A PARIS.

Jacques Dubois n'avait, pour ainsi dire, jamais perdu de vue le clocher de son village lorsqu'il partit pour Paris, aussi à peine eut-il mis le pied sur le pavé de la capitale qu'il se crut dans un autre monde; le bruit des voitures, les cris des marchands ambulants, la foule qui se presse dans les rues, tout l'étonne. Là c'est un postillon emporté au grand trot de deux haridelles qu'il reconduit à l'écu-

rie; deux pas plus loin, une marchande de marée attaquée par deux commères *fortes en gueule*, comme disait énergiquement Mo-

lière, débite tout le catéchisme poissard auquel elle trouve moyen d'ajouter quelque chose.

Ici ce sont d'admirables monuments qui attirent ses regards, lesquels se portent aussitôt sur de misérables bicoques. Gare! gare!

voici la calèche d'une danseuse qui menace d'éclabousser tout le monde en attendant qu'elle écrase quelque pauvre diable... Quels sons aigres et perçants!... C'est un pauvre aveugle qui a d'excellents yeux et de rudes poumons qu'il use à souffler dans une clarinette, dans l'espoir d'attendrir les passants, et qui les assourdit ne pouvant mieux faire.

Mais le bruit de cet instrument qui imite

d'une manière si déplorable le cri du canard, n'est rien en comparaison de ces voix rauques et si horriblement alcoolisées qui hurlent sur tous les tons : *Voici le superbe discours du roi en faveur du peuple Français !*

Ou bien : Balais, balais, qui veut des balais? Voilà la marchande de balais; et plus loin :

A la coupe des beaux m'lons! crie un Bas-Normand, qui le mois précédent jetait ce cri

lugubre : En voulez-vous d'la salade! et qui au mois d'octobre hurlera devant une poële percée : Y brûlent ces gros-là! y brûlent!

Le pauvre Jacques, appuyé sur son parapluie,

ne savait où il en était, et il s'arrêtait presque à chaque pas, fort surpris de voir au milieu de ce tumulte, de cette foule, de ce danger incessant d'être écrasé, d'honnêtes citadins

flâner le nez au vent, ou de vieilles rentière promener leurs roquets, et de joyeux espiègles marcher pour se faire rire, sur la queue dus hargneux toutou

Attention ! voici un spectacle tout nouveau

pour notre villageois : Jacques admire ce sorcier qui fait sortir des muscades d'un gobelet où il n'y a rien; aussi n'est-il pas surpris d'entendre l'escamoteur annoncer à l'honorable société que, moyennant la bagatelle de deux sous, il se charge de prédire l'avenir et d'expliquer le présent et le passé aux personnes qui veulent bien l'honorer de leur confiance. Jacques veut profiter de l'occasion, il cherche sa bourse pour en tirer les deux sous demandés... Hélas! la bourse a disparu. Le pauvre garçon est au désespoir; heureusement sa montre est demeurée dans son gousset. Un honnête horloger lui en donne le tiers de ce qu'elle vaut, et le pauvre garçon recommence à battre le pavé; car tout ce qu'il voit l'enivre;

il ne sait ni ce qu'il fait, ni ce qu'il veut faire. Heureusement une enseigne frappe ses regards, il lit : *ici on loge à la nuit.* Il entre, demande un lit, et s'empresse de se coucher.

Le lendemain matin, Jacques, après avoir payé son hôte, se disposait à sortir, et déjà il était fort tenté de retourner à son village qu'il regrettait fort d'avoir quitté, lorsque près du comptoir de l'hôte il fut apostrophé par deux femmes au regard effronté, au teint flétri, à la voix rauque, auxquelles le patron venait de servir deux énormes verres d'eau-de-vie.

— Dites-donc, joli garçon, s'écria l'une d'elles, vous passez bien fier! n'ayez pas peur, mon choux, on ne vous mangera pas!

Jacques s'arrête plus étonné que jamais.

— Allons, dégourdi, reprend l'autre femme en lui présentant un verre d'eau-de-vie, avale la douleur...

Jacques croit rêver, et machinalement il

avale le contenu du verre. La liqueur produit son effet; Jacques, qui avait rougi au premier mot, ne tarde pas à se mettre à la hauteur de ses convives, et à répondre à leurs agaceries. Le temps s'écoule, les verres se vident, l'une des femmes propose une promenade à la barrière. Notre jeune homme est lancé, il accepte, on fait avancer un fiacre, les voilà partis.

C'était un lundi· la foule était grande au salon du Sauvage.

— Dis donc, Adèle, s'écrie l'une des com-

pagnes de Jacques, n'est-ce pas Francis que je vois là-bas?

— Un peu, ma fille, il paraît qu'il a des faces, et qu'il le fait joliment voir avec Sophie Belle-Jambe.

— Eh bien! foi de Manette, je vais prendre la mesure de sa frimousse avec le moule de mes gants!

En un instant tous les habitués du Sauvage sont sur pied, les hommes jurent, les femmes crient, les enfants pleurent, l'orchestre se tait, les quadrilles ne savent plus sur quel pied danser.

Cependant, Jacques, qui a perdu les pans de son habit dans la mêlée, parvient à entraîner le terrible Francis hors de la guinguette; on s'explique. Francis, qui a des amis dans le voisinage, va chercher une paire de fleurets, et le pauvre Jacques se voit dans la nécessité de se faire tuer... Heureusement le Sauvage, dont le portrait sert d'enseigne, et dont la profession consiste à frapper en mesure sur la peau, d'âne vient interposer son autorité : on ne se battra pas ; mais on va boire jusqu'à extinction de chaleur naturelle. Francis, qui dédaigne les verres, menace de tout engloutir; Jacques veut l'imiter, mais la capacité de son

tomac s'y oppose; son ivresse est hideuse. se n'est qu'en battant les murailles que entre à Paris, en compagnie de quelqu'is vrognes chantant à tue-tête :

Et voilà, mes amis,
Voilà Paris la nuit !

Hélas ! oui, c'est là Paris, la capitale du monde civilisé... En vérité, nous devons être bien fiers d'être Français en regardant de si belles choses !

P. S. Germain.

LES LIONS.

La véritable aristocratie se compose à Paris de quelques jeunes étrangers ; seuls ils ont encore le secret d'un luxe que nos riches misères ne connaissent pas, peut-être ne se conforment-ils pas scrupuleusement au programme des modes et n'obéissent-ils pas servilement aux caprices de quelques tailleurs qui ont pour mannequins les meilleurs noms de France. Il est possible qu'ils ne soient pas employés comme étalages ambulants par les marchands les plus fameux, et qu'ils aient le mauvais goût de ne pas vouloir ressembler à l'homme-affiche. Ils ne parlent pas argot, et ils auraient beaucoup de peine à comprendre certains feuilletons ; ils ne se mettent point aux loges d'avant-scène de l'Opéra avec des lorgnettes de quarante-huit ; ils ne savent pas la savate, et ne calomnient pas les grandes dames ; mais ils prononcent fort bien les noms que la petite médisance ne sait pas même épeler.

Ceux-là ne sont pas lions.

Au-dessus, et sur les flancs de cette aristocratie, gravissent quelques météores barbus

qui brillent un moment et s'éclipsent. Deux ou trois parvenus, quatre ou cinq viveurs émérites, quelques heureux des fonds secrets et le courant mobile de la Bourse forment un centre fixe, le milieu de l'arène où rugissent les lions à la crinière bouclée.

Plus loin, et dans les cercles infimes, tourner le troupeau des parodistes : les lionceaux !

Le lionceau est nécessairement jeune; il faut tant de sottise pour porter ce ridicule.

Il a ordinairement son papa et sa maman, il habite le logis paternel et mange chez ses parents. Il y a à peine deux ans qu'il sort seul ; pour revenu, il a sa semaine ; les carottes qu'il tire à son oncle, ses étrennes et les petits présents de sa mère.

Sa mise est rigoureusement propre ; elle est toujours à la mode du mois dernier, quoique peu rapée, mais brossée à miracle ; il porte en toute saison la cravate longue, il a une épingle de famile et une vieille canne de son grand-père qu'il a fait raccourcir.

Lorsqu'il ne déjeûne pas chez lui, le lionceau, qui le plus souvent fait partie de la population indigène du faubourg Saint-Germain, a dans ses parages un café tout doré, dans lequel il déjeune à la fourchette pour un franc cinquante centimes; ces jours-là, il se promène devant le perron de Tortoni avec un énorme cure dents.

Il parle volontiers de ses chevaux et de se

gens ; il oublie toujours de dire que ce sont les gens et les chevaux de son père.

Il se montre une fois par mois aux loges d'avant-scène de chaque petit théâtre ; il ne va jamais au Théâtre-Français ; une fois par an il hante l'Opéra-Italien, et il use toutes les semaines du tiers de loge que sa famille paie à l'Opéra. Ces soirées sont pour lui les plus éclatantes ; il se montre partout.

Il parle haut, fait du bruit dans les corridors, cite les meilleurs noms de la société et de la littérature avec la plus impudente familiarité et interrompt une conversation pour crier à l'ouvreuse : « La loge de madame la comtesse de..

Il porte de petites moustaches naissantes et une rose-pompon à la boutonnière.

Il va beaucoup au bal; il ne danse plus, mange des petits gâteaux et des oranges glacées, et regarde jouer, en retournant dans la poche de son gilet un louis qui fait partie de sa toilette.

Il ne fréquente les concerts que pour lorgner, battre la mesure à contre-temps et crier brava, lorsque c'est un homme qui vient de hanter.

Il ne regarde plus sa petite cousine, qu'il aimait tant lors de ses dernières vacances; il ne s'adresse qu'à des femmes d'un âge mûr; il dit un mal affreux des femmes, et il en est encore à poursuivre inutilement la bonne de sa mère.

Le lionceau a quelquefois des opinions religieuses, sociales et littéraires.

Il admire le costume de l'abbé Lacordaire.

Il veut régénérer le monde par le plaisir.

En politique, il admire les vers de M. de Lamartine.

Comme sentiment littéraire, il ambitionne de faire une pièce pour le théâtre de l'Odéon

LE PANIER A SALADE.

Si Callot refaisait une nouvelle édition de sa *Tentation de saint Antoine*, il n'oublierait certainement pas de faire figurer, au milieu des plus bizarres machines à tentation, le *panier à salade*, sous la forme de crocodile hérissé d'épines et de gardes municipaux, et vomissant des pauvres diables, après les avoir broyés et meurtris dans son vaste gésier. Dans le principe, la voiture des transferts était tissue en osier; c'était une espèce de caisse ouverte par le côté des anses, c'est-à-dire par le guichet, qui restait aussi perméable qu'un filtre, à l'air, à la pluie, à la sueur et à la poussière, et qui ne retenait au passage que les prisonniers que le cahottement secouait dans son sein; c'est pour cela que les prisonniers, de temps immémorial, avaient dénommé cette voiture *panier à salade*; vous aurez plus d'une occasion de reconnaître avec moi que les prisonniers improvisent le mot propre, avec autant de bonhomie et d'esprit que nos dames de la halle. L'administration de la justice, fatiguée sans doute d'entendre *la salade* plaisanter de la sorte de son *panier*, a changé le panier d'osier en une souricière de fer, mais en une souricière imperméable; les progrès de la civilisation ne permettaient plus de conserver un ustensile de justice, où le fer entrait pour si peu. On a mis le transfert des prisonniers en adjudication, et l'on a imposé à l'adjudicataire l'obligation de construire des voitures aussi solides que des cachots, tout en restant aussi légères que les voitures ordinaires, crainte d'user trop vite le pavé de Paris.

L'adjudicataire qui, par le fait seul de sa soumission cachetée, est devenue l'un des nombreux officiers de l'ordre judiciaire, a fait des prisons de fer qui vont sur de grandes roulettes. On y enchâsse jusqu'à quatorze prisonniers ; et, sur le devant, il tient encore un huissier et un municipal, qu'une grille sépare des prisonniers confiés à leur garde. Malheur à quiconque voyagerait seul dans un instrument semblable ; il arriverait en miettes à sa destination : le contenant finirait à la longue par broyer comme du verre le contenu. Il faut y être enchâssé pour y tenir en place ; on glisse sur ces bancs de fer et contre ces parois de fer, comme sur du verre ; chaque cahotement vous jette d'un bond vers le bout opposé, et vous rencontrez, partout où vous tombez, une arrête vive. Imaginez-vous un boyau bordé de deux bancs vernis, et s'ouvrant sur le derrière de la voiture par une porte qui s'emboîte hermétiquement et se ferme au verrou ; quatre petits œils-de-bœuf, grillés, et de dix centimètres de diamètre, vous apportent quatre bouffées d'air extérieur à partager entre quatorze poitrines, et vous permettent de voir défiler les murailles de la rue, sans être aperçu des passants ; l'air ne vous parvient, par le grillage antérieur, qu'après avoir passé par la poitrine de l'huissier et du garde municipal de service. Quand le soleil darde sur ses parois métalliques, la matière à jugement entre aussitôt en ébullition : l'huissier et le garde municipal se hâtent de mettre la tête à la portière et de se préserver de l'atmosphère, dans laquelle les pauvres prisonniers sont forcés de rester plongés.

Mais ce n'est pas tout de s'y tenir en place, en se servant mutuellement d'arc-boutant ; le plus difficile est encore de s'y hisser sans accident et sans blessure ; la première fois qu'on y monte, on ne relève jamais assez haut le pied pour ne pas se heurter le tibia contre le tranchant du marchepied ; et ensuite, par une disposition dont la justice de l'adjudication doit connaître le secret, ce coffre-fort en fer est construit de manière que la partie antérieure est plus basse d'un demi-pied que la partie postérieure ; une pente rapide vous porterait en glissant de l'arrière en avant, si le pied ne heurtait, de distance en distance, contre des barres de fer transversales, qui vous empêchent de glisser, mais pas précisément de choir. Au demeurant, cette prison ambulante offre à l'extérieur la propreté, la couleur, et le vernis des voitures en bois et en cuir ; elle ne casse jamais en route ; les grelots des chevaux avertissent le public de laisser passer sans encombre la justice du roi ; un postillon en uniforme ajoute à la signification son avertissement, en faisant claquer son fouet par intervalle ; à l'arrivée, il se tient à la portière, afin de demander son pour-boire aux passagers qui auraient la fantaisie de se faire illusion sur leur moyen de transport. Je ne dois pas oublier de mentionner le garde à cheval qui suit la voiture à distance, pour le besoin du service des évenualités

L'HABIT DE COUR.

M. le baron de la Mélasse, seul. — Comment, mon habit n'est pas encore arrivé ?

Un premier garçon, en valet de chambre.

— Non, monsieur le baron.

Le baron de la Mélasse.—Ce maudit tailleur me fait bien attendre, pour un jour où j'ai affaire à la cour. J'enrage! Que la grippe puisse serrer la gorge du bourreau! Au diable le tailleur! le choléra emporte le tailleur! Si je le tenais maintenant, cet Human de tailleur, ce bélitre, ce traître, ce républicain de tailleur!..

(Le tailleur entre avec son groom.)

Le baron de la Mélasse. — Ah ! vous voila ; c'est bien heureux. Je crois que j'allais commencer à me mettre en colère contre vous

Le tailleur. — Monsieur, je n'ai pu venir plus tôt, et j'ai mis vingt garçons après votre habit ; mais, monsieur, nous avions aujourd'hui cinq marchands de bois, dix marchands

de vins, trente conseillers d'état, dix maîtres des requêtes, huit fabricants de foulards et quarante-cinq capitaines de la garde nationale, à habiller en marquis, et la besogne n'était pas facile, je vous prie de le croire.

Le baron de la Mélasse. — Vous m'avez envoyé une culote si juste, que j'ai eu toutes les peines du monde à la mettre.

Le tailleur. — Monsieur, pour qu'une culotte de cour soit mettable, il faut qu'on ne puisse pas entrer dedans.

Le baron de la Mélasse. — C'est différent. Vous m'avez aussi acheté des bas de soie si étroits, que j'ai rompu plus de vingt mailles en les chaussant.

Le tailleur. — Monsieur, ils sont comme ils doivent être, ce sont de vrais bas de cour; car monsieur saura qu'à la cour on ne porte pas de mollets.

Le baron de la Mélasse. — Voilà ce que je ne savais pas.

Le tailleur. — D'ailleurs, vous pouvez être tranquille, les bas de soie prêtent beaucoup; vous n'aurez pas rompu quelques douzaines d'autres mailles, que vous serez à l'aise dedans.

Le baron de la Melasse. — A la bonne heure!... Vous m'avez fait faire aussi des souliers qui me blessent furieusement.

Le tailleur. — Point du tout, monsieur.

Le baron de la Mélasse. — Comment, point du tout!

Le tailleur. — Non, ils ne vous blessent point ; ils sont du meilleur bottier.

Le baron de la Mélasse. — Mais je vous dis qu'ils me blessent, moi.

Le tailleur. — Vous vous imaginez cela, mais il n'en est rien.

Le baron de la Mélasse. — Je me l'imagine, parce que je le sais. La belle fichue raison !

Le tailleur. — C'est une idée que vous vous faites, et puis, après tout, il vaut mieux que ses souliers vous blessent les pieds que de osser l'étiquette,

Le tailleur. — Tenez, voilà le plus bel habit de la cour, et le mieux assorti. C'est un chef-d'œuvre que d'avoir inventé un habit canelle, qui ne fût pas jaune, et je le donne en dix coups à Staub, à Kléber et à Cazas.

Le baron de la Mélasse. — Qu'est-ce que ceci? Vous avez brodé des olives sur les basques.

Le tailleur. — Certainement, et des câpres aussi. J'ai même ajouté, comme vous pouvez voir, des cornichons sur les parements et des anchois sur les collets.

Le baron de la Mélasse. — Mais j'aurai l'air d'un prospectus d'épicerie.

Le tailleur. — C'est un habit habillé, semblable à ceux qui ont eu le plus de succès aux derniers bals de la cour.

Le baron de la Mélasse. — Alors, voilà qui est donc bien?

Le tailleur. — Si vous voulez, je mettrai des feuilles de chêne et des glands.

Le baron de la Mélasse. — Non pas, je veux être à la dernière mode.

Le tailleur. — En ce cas, vous pouvez endosser votre habit. Fritz, ici!

Fritz. — Voilà, bourgeois!

Le tailleur. — Mettez l'habit à monsieur le baron, comme vous le mettez aux gens de qualité.

Fritz. — Mon gentilhomme, n'oubliez pas le garçon, s'il vous plaît ?

Le baron de la Mélasse. — Mon gentilhomme ! Décidément, j'ai l'air d'un homme

comme il faut. Tenez, voilà pour le gentilhomme.

Fritz. — Mon député, nous allons tous boire à votre santé.

Le baron de la Mélasse. — Mon député! Ho! ho! attendez, ne vous en allez pas. Tenez, voilà pour mon député.

Fritz. — Mon pair, nous vous baisons les mains.

Le baron de la Mélasse. — Votre pair! Diable! Tendez la main; voilà ce que vous donne votre pair.

Fritz. — Mon ministre, nous remercions très-humblement votre excellence.

Le baron de la Mélasse. — Eh! quoi? votre excellence? voilà pour votre excellence. Ma foi, c'est le fond de ma bourse, il n'y a plus rien.

Fritz. — Merci, monsieur (il se retire sans saluer).

Le baron de la Mélasse. — Je crois que le drôle m'a tiré un carotte; c'est égal, j'ai un habit de cour, et je vais faire la mienne au quadrille citoyen. Jacques, allez me chercher une citadine à un cheval; vous donnerez votre chapeau galonné au cocher, et vous monterez derrière la voiture avec votre grande livrée. Ah! à propos! vous prendrez mon vieux manteau, que vous étalerez de votre

mieux sur les panneaux de l'équipage, de manière à en dissimuler le numéro. Allez, et dépêchez-vous, ou je vous fais périr sous le bâton, foi de gentilhomme!

FIN DU TOME SECOND ET DERNIER.

Imp. de Pommeret et Guénot, rue Mignon, 2.

www.ingramcontent.com/pod-product-compliance
Ingram Content Group UK Ltd.
Pitfield, Milton Keynes, MK11 3LW, UK
UKHW020325250726
13967UKWH00004B/1862

9 782013 028813